KB068436

고통의　존재

삶이 노잼인
당신에게 바치는
짠한 힐링

Life

Is

Gotong

고통의 존재

글·그림
뿜작가

트위터 공식 웃긴 놈, 프로고통러, 개가 말하는 인생론

"열정에 기름 좀 그만 붓고 푹 쉬세요. 그러다 다 탑니다."

RHK
알에이치코리아

개 프로필

이름 개

나이 알려져 있지 않음

키 185cm(※오차 범위 ±20cm, 95% 신뢰 수준)

직업 서울 소재 모 공과 대학에 재학 중인 헛소리스트

성격 걱정친화적 성격. 고민을 달고 산다

고민이 없는 날은 고민을 만들어서 고민함

미룰 수 없을 때까지 미루는 성격

오늘 자체휴강할 거야! 라고 말하고서

동시에 학교 갈 준비하는 성격

취미 포기   특기 낙담

연락처 문자보다 트위터 쪽지를 먼저 보는 스타일

트위터를 하루에 몇 시간 하는지 한 8시간 정도 안 합니다

좌우명 인생은 고통의 연속이다

자주 가는 곳 침대 위, 트위터 타임라인

술버릇 술 먹으면 개가 된다는 말이 있어서 그렇다면 개가 술
먹으면 어떻게 되냐는 질문을 많이 받았는데 보통 개²가 된다

좋아하는 술 알코올이 함유된 식용 가능한 액체 전부

연애횟수 (말을 잇지 못한다)

좋아하는 책 글이 적고 그림이 많은 책, 표지가 예쁜 책(책을 사서 표지만 보기 때문이다)

좋아하는 음악 가사가 나오지 않는 음악, 팝송(가사를 못 알아 듣기 때문이다)

좋아하는 음식 하리보 구미 베어 젤리. 그중에서도 빨간색 곰

좋아하는 영화 거대한 무언가가 나오는 영화들. 우주가 나와 도 좋고 엄청 큰 로봇이 나와도 좋고 공룡이 나와도 좋다

장래희망 생존

인생의 만족도는 어느 정도인가 80점? (1,000점 만점)

'찍먹'인가 '부먹'인가 '찍먹'과 겸상하지 않는다. 찍어 먹을 간장이 이미 존재하는 이상 '부먹'은 자연의 순리다

마지막으로 하고 싶은 말 인생은 고통인데 사느라 고생들이 많으십니다. 만약 고통스럽지 않으시다면… 음. 부럽습니다. 딱 히 할 말은 없고요. 아, 뭐라고 하지. 독자 여러분들의 탈고통 기원합니다

차례

1. 인생 스포 주의: 님은 죽는다

2. 젊어서 고생은 사서라도 피합시다

3. 까지마,
   내 인생
   까도
   내가 깐다

4. 당신의
   고통을
   좋아하세요?

개 소리
(개의 소리라는 뜻임)

나는 입버릇처럼 '인생은 고통'이라고 말한다. 엄살도 다소 섞여 있지만 실제로도 살기가 힘들다. 아니 뭐 이건 어떻게 된 게 날이 갈수록 힘들어지는 것 같다. 쉽지 않은 세상살이를 버텨내기 위한 나름의 방법으로 가벼운 농담들을 생각나는 대로 인터넷에 쏟아 냈다. 거의 트위터와 뇌를 동기화하듯 의식의 흐름에 따라서 말이 다. 이런 '아무 말 대잔치' 속에서 어떤 글을 뽑아 담아야 가치 있 는 책이 될지 많이 고민했다. 그러나 고민은 곧 헛수고가 되는데 왜냐하면 애초에 내가 가치 있는 글을 쓴 적이 없기 때문이다. 다 만 이열치열(以熱治熱)이라고 열을 열로 다스리듯 이상한 세상에 는 역시 이상한 글이 제격이라고 생각하여 최대한 덜 심각하고 즐 겁게 읽을 수 있는 이상한 헛소리들만 뽑아서 재미있는 그림과 함 께 담기로 했다.

가볍고 쉽게 넘길 수 있는 헛소리들만 뽑아서 묶어놓고 보니 이번 에는 밝고 희망찬 글들이 다 어디로 갔는지 찾을 수가 없었다. 그래서 다시 한 번 내가 이제까지 써온 글을 살펴보았다. 이번에도 이 노력은 헛수고가 되는데 애초에 내가 밝고 희망찬 글을 쓴 적이 없기 때문이다. 따라서 이 책에는 다소 비관적이고 무겁게 보일 수 있는 문장들이 담겨있다. 밝고 희망찬 세상이었다면 밝고 희망찬 글이 나왔을 텐데 아쉽게도 매일을 힘겹게 살아가는 암울한 세상에 살고 있기에 이런 글밖에 없는 듯하다. 이 부분에 대해서는 독자 여러분의 양해를 구한다.

책은 특별한 사람만 쓰는 것인 줄 알았는데 막상 내가 쓴 글이 책이 되어 나온 걸 보니 아주 신기할 따름이다. 내가 뭐 다른 사람에 비해 특별한 삶을 살거나 글 재주가 아주 뛰어난 것이 아니라 그냥 '지나가는 행인 2'쯤 되는데 말이다. 따라서 이 책 역시 특별한 내용이 있지는 않다. 평범한 일상에서 튀어나온 가벼운 농담들이다. 그냥 지치고 뭘 해도 잘 안 될 때, 잠깐 웃고 싶을 때, 몇 장씩 넘겨보시면 좋을 것이라 생각한다. 바라보기만 해도 힘든, 팍팍한 세상 속에서 이 책을 통해 잠깐이라도 고통을 잊게 해드릴 수만 있다면, 저자인 나로서는 아주 큰 기쁨이 될 것이다.

가끔 내 글을 보고 위로를 받았다는 반응을 접한다. '그런 말을 들을 때가 내가 가장 뿌듯한 순간이다'라고 쓰면 약간 거짓말이 되고 실제로 나는 '응?' 상태가 된다. 전혀 누구를 위로하려고 쓴 글이 아니기 때문이다. 그냥 내가 힘들 때 힘들다고 쓰고 슬플 때 슬프다고 쓰고 기쁠 때 기쁘다고 쓴 글뭉치들이다. 따라서 나의 글에서 위로를 받는 분들은, 내 글을 통해 스스로를 잘 위로하고 계신 것이다. 그러니 글을 쓴 나에게가 아닌 스스로에게 감사하시면 된다.

음… 뭐라고 끝내지? 그럼 이만.

인생
스포 주의:
님은
죽는다

1.

14

인생

인생은
고통입니다.

인생 2

올라가다 내려가다 하는 것이
인생이라는데
나는 왜 내려가기만 하는 거지?
(몸무게 제외)

인생 3

내 인생은
'아, 그때보다 더 망할 수도 있구나'의
연속이었다.

망함의 기록 경신 인생.

작심삼일(作心三日)

작심삼일이라는 말에 대고
'3일마다 다시 작심을 하면 계속
열심히 살 수 있습니다!'라고
말하는데
나는 작심을 한 번 하는데
3일 이상의 에너지가 필요한
사람이다.

SNS형 주의력 결핍

공부 1분 하면
SNS 2분 확인해야만 하는 것을
'SNS형 주의력 결핍'이라 부르기로 했다.

소통

가는 말이 곱다고
오는 말이 고운지는 모르겠는데,
일단 가는 말이 디스면
오는 말은 맞디스다.

고통 맛

사탕이라고 하면 딸기 사탕이건
포도 사탕이건 기본적으로 단맛이 나듯
인생이라고 하면
기본적으로 고통 맛이 난다.

실패하지 않는 방법

아무것도 하지 않으면 어떤 실패도
하지 않는다.
(↑ 경우에 따라서는 생각보다 좋은 방법)

낭비

소중한 것의 낭비는 재밌다.
돈 낭비 ← 짱 재밌음.
인생 낭비 ← 개짱 재밌음.

뭔데 뭔데~

줄 게 있어
(멍멍아)

리빙 포인트

주변 지인이 '내가 (   )를 다시 하면
개다'라는 말을 했을 때는
미리 목줄을 선물로 주면 좋습니다.

낭비 2

소중한 것의 낭비는 재미있다고 말했다.
에어컨을 틀고 이불로 몸을 감싸는 냉방 낭비도
여기에 포함된다.

낭비 3

낭비할 돈이 없길래
뭐가 남았나 봤더니
인생이 남아있어서
인생이라도 낭비하고 있다.

오늘의 요리

오늘은 집중력 채썰기를 배워볼 거예요.
우선 집중력을 마련하신 후
트위터 알림 한 큰술,
단톡방 알림 한 큰술을 넣고
재워놓으신 후에
페이스북 알림을 취향에 맞게 넣어
와이파이 센 불에 익히면
아주 잘게 잘려나간 집중력을
만드실 수 있습니다.
참 쉽죠?

열정

열정에 기름 좀 그만 붓고 푹 쉬세요.

그러다 다 탑니다.

불출석

사회에 큰일만 터지면
건강상의 이유로 조사를
불출석하는 사람이 나오는데
나도 건강상의 이유로
기말고사 불출석 하고 싶다.

습관

인간은
습관의 동물이라고 하는데
습관적으로
고통스러운 걸 보니
맞는 말 같다.

자취

내 자취 라이프에 김밥이란 없다.
김과 밥이 있을 뿐이다.

자기소개

특기를 적는 칸 앞에서
언제나 망설였다.
아무리 생각해도 잘하는 게 없는데…

자기소개 2

취미는 포기고
특기는 낙담입니다.

무의미한 하루

얼마 만에 이렇게
무의미한 하루를 보내는 것인가.
어제에 이어 하루만이다.

맘 편히

어제는 맘 불편하게 놀았으니까
오늘은 맘 편히 놀아야지.

인생 스포 주의

님은
죽는다.

41

어디선가 나를 찾는 알림이 울리고⋯

핸드폰에 진동이 울리기에
반가운 마음으로 화면을 켰더니
충전이 완료되었습니다.

충전기를 분리하시면
에너지가 절약됩니다.

젊어서
고생은
사서라도
피합시다

2.

세탁기 양말 함수

$f(x)=x-1$.

따란

나의 영향력

오랜만에 몸무게를 재봤다.
몸무게가 늘었길래 '그래. 이 세상에서
내가 차지한 범위와 영향력이
커진 것이다'라고 생각하기로 했다.
별로 도움이 되지는 않았다.

남의 고통

남의 떡은 커 보이고
남의 고통은 작아 보인다.
커 보이건 작아 보이건 그만 보고
그냥 내 고통이나 신경 쓰자.

내 편

오늘은 아무도 내 편이
안 되어 주는 것 같다.
아니 오늘이 아니더라도
내 편이 있었나 생각해본다.
세상에 내 편은 없는 걸까.
일단 내 곁에 있는 사람 중
내 편이라고 생각할 만한
누군가가 있나 생각해본다.

내가 있다.
나밖에 없다.

왜 하필 나 같은 사람이
내 편인가.
이번 생은 글렀다.

건강 계단

에스컬레이터 말고 계단으로 올라가면
자꾸 수명 늘리는 기분이라
에스컬레이터를 고집한다.

주말

주말을 간단하게 도식화하면 다음과 같다.

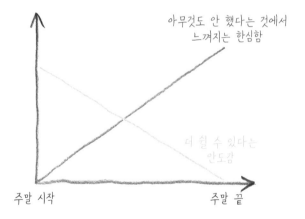

아무것도 안 했다는 것에서
느껴지는 한심함

더 쉴 수 있다는
안도감

주말 시작   주말 끝

토요일 저녁.
휴일을 버린 한심함과 내일도 쉴 수 있다는
안도감의 크기가 일치하는 순간.

미룸에 관하여

사람은 미룰 수 있을 때까지
미루게 되므로
현재 놀만 하다 싶으면
그냥 맘 편히 놀도록 합시다.

목표

오늘 걷지 않으면 내일 뛰어야 한다는데
나는 그냥 오늘 쉬련다.
이 레이스를 완주할 생각이 애초에 없다.
하는 데까지만 하지 뭐.

믿음

세상에 믿을 사람 하나도 없다지만
그럼에도 내가 믿는 사람은,

오늘 미룬 일을 해낼 내일의 나.

잊혀진다

고통은 다른 고통으로 잊혀진다.

딴짓의 필요성

딴짓을 좀 덜 했으면
할 일이 금방 끝났겠지만,
딴짓을 안 했으면
스트레스로 내가 끝나버렸을 것이다.

미스터리

도대체 개나 소는 안 해본 게 무엇인가.

사랑

침대, 이 새끼 왜 날 안 놓아주는 거야.

삶의 이유

나는 왜 사는가.
눈 떠보니 살아있었고
살아있는 김에 그냥 산다.

LIG

LIG(Life Is Gotong)라는 이름으로
보험사 하나 만들고 싶다.
사실 이미 LIG라는 보험회사는 있지만
나는 굳이 Life Is Gotong의 약자로
다시 만들고 싶다.
뭔가 최국어 선생님이 국어를 가르칠 때
느껴지는 신뢰가 생기지 않는가.

드립론

드립이라는 것은 이미 있던 어떤 틀에
나의 생각을 약간 첨가하는 것이므로
이 역시 독서와 사색에서 비롯된다.
책 읽자.

고생

젊을 적 고생은 사서라도 피합시다.

끝없는

인생에 고통은 끝이 없고
같은 고통이 반복된다.

삶의 답

삶에는 정해진 답이 없습니다.
그래서 '노답'입니다.

To. 미래의 나

지식과 돈, 명예와 행복을 내일의 나에게
전해줘야 할 텐데 몸무게만 줘서 미안해.
나도 과거의 나에게 그런 거 못 받았어.
너는 꼭, 더 미래의 나에게 그런 걸
전해주길 바란다.
나는 하기 싫으니까 네가 해야 해.

To. 과거의 나

이 새끼가 진짜

접어

인생 접은 사람 접어.

반박 불가

오늘은 봉사활동 중 초등학생 친구가
나를 보고 '돼지똥꼬'라고 하길래
나는 그 친구에게
실제 돼지의 똥꼬가 어떻게 생겼는지
본 적 있느냐고 반문하였고,
그 친구는 나처럼 생겼다고 답하였다.

까지마.
내 인생
까도
내가 깐다

3.

네 네
어서오세요~♥

설렘

이 시대의 진정한 설렘은
택배 기사님의 문자뿐이다.

고진감래(苦盡甘來)

쓴 것이 다하면 단 것이 올까요?
그냥 쓴 것에 설탕을 넣는 편이
더 빠를 것입니다.

내복

내복은 위험물질입니다.
피부에 붙으면 상당 기간 피부에서
잘 떨어지지 않기 때문에
착용 시기에 유의해야 합니다.

믿음

내일은 내일의 태양이 뜨고
내 일은 내일의 나에게 맡긴다.

오늘의 난 놀자

기회

위기는 바로 기회라고 하는데
그렇다면 인생은 기회로 가득한 것이다.

피할 수 있어야

피할 수 없다면 즐기라는데
즐기려면 피할 수 있어야 한다.

절레
절레

깜깜하다 깜깜해

404 NOT FOUND

404 NOT FOUND
미래를 찾을 수 없습니다.

진리

고생 끝에
피로 온다.

아이고...

애인 이야기

저는 애인을 온종일
업고 다닐 수 있습니다.
0kg이라서요.

온리전

인생 자체가 고통 온리전이야.

인생은 왜 고통인가에 대한 고찰

아, 현재의 나도 먹여 살리기 힘든데
동시에 미래의 나도 먹여 살려야 하니
인생은 고통인 것이다.

한국의 날씨

한국 날씨가 어떤 느낌이냐 하면
날씨 이 새끼 시간 가는 줄 모르고
가만히 있다가 갑자기 달력 보더니
"어, 깜박했다. 오늘부터 겨울임ㅋ"
↑이런 느낌이다.

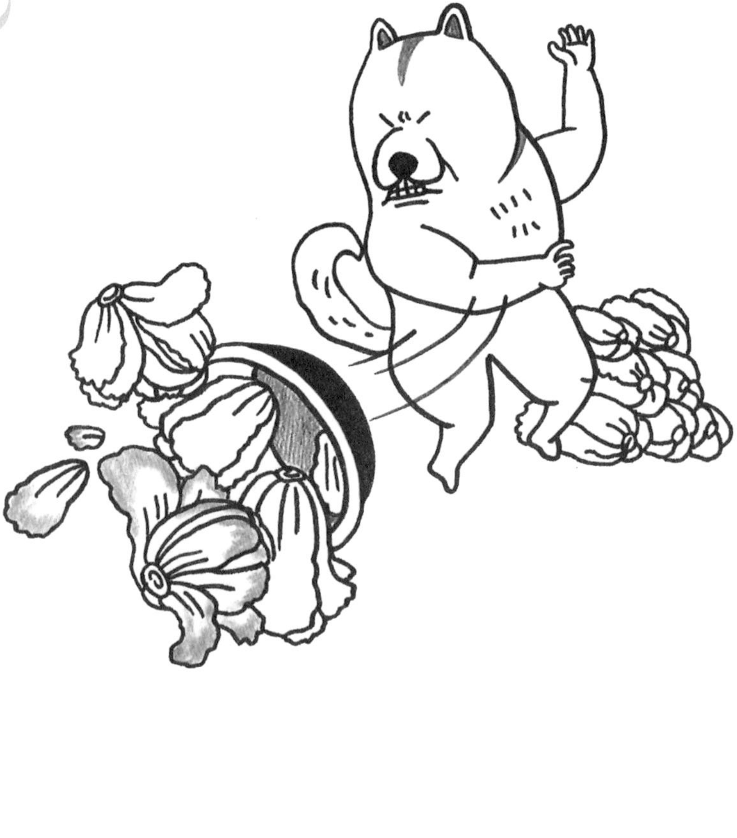

포기

포기란 단어는 배추를 셀 때나
쓰는 말이라고 하는데,
배추를 세다가 너무 많아서
그만둘 때에도 쓰는 말입니다.
너무 많아요. 포기하겠습니다.
안녕히 계세요.

까지마

내 인생 까도 내가 깐다.

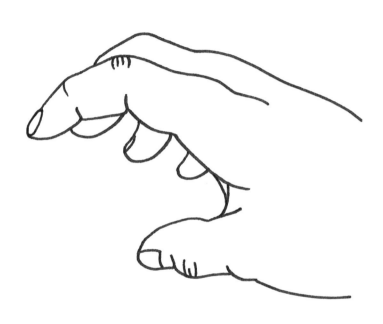

포기 2

아. 다 포기하고 싶다.
포기를 포기하는 것도
포기할 것이다.

나는 왜

나무늘보 게으른 거
하나로 유명한데
나는 왜 안 유명해.

혼밥

'혼밥'을 부끄러워하지 마십시오.
혼자 밥 먹어야 휴대폰 보면서
밥 먹기 좋습니다.

발음 연습

네가 그린 고통 그림은
보통 고통 그림이고,
내가 그린 고통 그림은
매우 고통 그림이다.

양보

살지 마세요.
흙에 양보하세요.

고민

사실 고민 중에 돈만 있으면
단방에 해결되는 고민들 짱 많다.

지저분함의 재해석

물건들에게
자리의 다양성을 보장하는 것이지
절대 방이 더러운 것이 아닙니다.

칠전팔기(七顚八起)?

솔직히 일곱 번 넘어지면…
그냥 그대로 누워있을래.

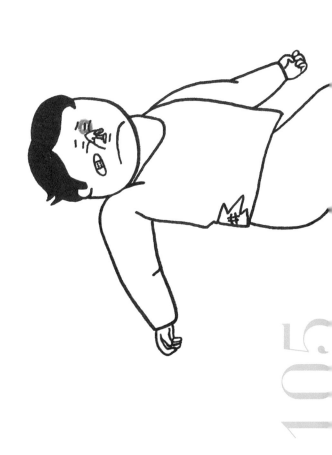

솟아날 구멍

하늘이 무너져도
솟아날 구멍이 있다는데…
나는 하늘이 무너질 때
솟아날 구멍을
굳이 찾고 싶지 않다.
그냥 '내 삶은 여기까진가 보다'
생각하고, 무너지는 하늘을 보며
"와 쩐다"라고 말하면서
그대로 깔려야지.

봄날의
고통을
좋아하세요?

4.

간절히 원하면

'간절히 원하면 이루어진다'
이거 거짓말이다.

내가 아직 살아있다.

삶

인생은 두 단계로 나눠 생각해 볼 수 있는데
하나는 고통스러운 시기이고
다른 하나는
와, 이건 좀 심하게 고통스러운 시기이다.

봄

봄날의 고통을 좋아하세요?

알고 보면 좋은 사람

'알고 보면 좋은 사람'은 일반적으로
알기도 싫고 보기도 싫은 사람이다.

고민

'고민'과 '같은 생각 반복하기'를
잘 구분해야 한다.

설마

어차피 망했는데 설마 여기서
더 망하겠냐
→ 보통은 그렇다. 더 망한다.

돈 많은 백수

돈 많은 백수 하고 싶었는데
이거 요새 다들 하고 싶어 해서
경쟁이 너무 치열함.

카톡

"카톡!" 소리를 들어본 지 너무 오래되어
괜히 카카오톡을 켜고
최근 도착한 메시지를 확인해 본다.
가장 위에 맥도날드에서 보낸 메시지가 있다.
다음 걸 보니 이번엔 버거킹이다.
다시 아래 걸 보니 다행히 롯데리아는 아니지만
이번엔 유니클로에서 보낸 메시지다.
눈물이 앞을 가린다.

돈

잠겨 죽어도 좋으니
돈이 막 물처럼 밀려오면 좋겠네.

.

한강

나만 몰랐나.
한강에 혼자 오면 안 되는 것 같다.

오리도 둘이 다닌다.

난이도

이거 인생 첫판인데
왜 이렇게
난이도가 높지?

나한테 왜 이래요

나한테 왜 이래요

나한테 왜 이래요

조금 더 일찍 알았더라면

'잘 모르면 튀지 말고 중간만 하라'는
교훈을 정자 때 배웠더라면
안 태어날 수 있었는데 아쉽다.

짚신도 짝이 있습니다만

짚신도 짝이 있다며
막연히 낙관하시는 분들은 다른 것보다
우선 자기가
짚신보다 잘생기기는 했는지
다시 한번 잘 따져보시기 바랍니다.

어젯밤에 우리 아빠가

어젯밤에 우리 아빠가
다정하신 모습으로
한 손에는

겟츄 크레용.

57분 고통 정보

57분 고통 정보입니다.
지금 이 시각에도
고통은 멈추질 않고 있습니다.

생즉사 사즉생(生則死 死則生)

죽고자 하면 살 것이고 살고자 하면
죽을 것이라는데
그래서 내가 이제까지 살아있던 것이다.
내일부턴 필사적으로 살고자 노력하겠다.

걷기

걸으면 생각들이 정리가 잘 된다는 말을 듣고
한번 계속해서 걸어보았다.
힘들어서 아무 생각도 못했다.

음... 어디 보자...

신(新) 독서법

제 취미는 독서인데요.
보통은 표지만 읽습니다.

책을 표지만 읽는 저 같은 사람은,
도서관을 거닐며 슬쩍슬쩍 책을 꺼내
표지와 머리글을 보다가
맘에 드는 책 한두 권 빌려서
집 책상 위에 두고 반납 전까지
집중적으로 표지만 읽습니다.

해 뜨기 직전

해 뜨기 직전이 왜 가장 어둡지?
좀 밝아지는데.

2.0

내 인생 2.0이 시급하다.

인생 낭비

'SNS는 인생의 낭비다'라는 말이 가끔
인터넷 게시판에 올라오는데
그거 올라오는 사이트도
다 인생 낭비하는 곳이고,
그 글 올리는 사람이
제일 인생 낭비하고 있다.
물론 이 글을 쓴 내가
제일 인생 낭비 중이다.

137

오늘의 긍정 명언

긍정적으로 말하는 버릇을 들여 보세요.
'살기 싫다'보다는
'죽고 싶다'라고 말하도록 해요!

상팔자

어렸을 땐 크고 싶고
크고 나선 어려지고 싶듯
막상 개가 돼도
그리 상팔자는 아닐 겁니다.

선입금 후
잔소리

5.

핸드폰 고장

핸드폰이 고장 났다.
연락이 안 되는 것보다
알람이 없다는 것이 더 걱정되었다.

갑자기 슬퍼졌다.

목표 설정

목표 설정은 신중히 해야 한다.
정자가 아무리 힘내서 난자 터치에 성공해도
얻는 것은 고통뿐인 삶 아닌가.

라이카* 선생을 기리며

어쩌다가 개로 살게 되다 보니 11월이면
잊지 않고 챙기는 날이 있다.
라이카 선생이 2016년 11월 4일로
우주로 떠나신 지 59년이 되었다.
부디 좋은 곳에서 잘 쉬고 계시기를.

* 라이카: 인간보다 앞서 우주로 떠난 최초의 우주견

손잡기

누군가와 손잡고 걷고 싶은데
합법적으로 손을 잡을 방법이
내 손으로 내 손을 잡는 것
말고는 없어서 슬픈 밤이다.
잡은 김에 기도를 해본다.

147

#사랑을_주제로_10자_글쓰기

나 닭다리 별로 안 좋아해.

주말의 예언가

안녕하세요. 예언가입니다.
오늘 뭐 좀 하다 보면
3시가 되고,
잠깐 뭘 보다 보면
5시가 되어있을 것이며,
저녁 좀 먹고 오면
7시가 되고,
딴생각 좀 하다 보면
9시가 될 것이며,
정신 차려보면
11시가 되어있을 것입니다.
그럼 sqrt(400000000)*

*sqrt(400000000)=20000

#실제_우리_형제의_대화를_말해보자

찾아보니 약 100일 만에 나눈 대화였음.

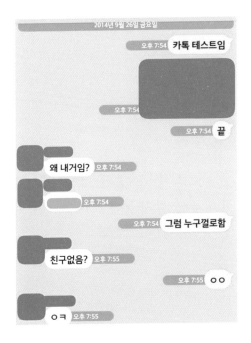

왜 나만 배고

나 배고 다 둘이 곡 붙어 다닌다.
나는 이제부터 상자음도 안 슬 생각이다.

SNS는 인생의 낭비

SNS는 인생의 낭비입니까? 아닙니다.
인생을 낭비하는 사람 옆에 마침
SNS가 있었을 뿐입니다.

개판

나라꼴이 개판이라뇨.
개를 무시하지 마세요.

아침에 일어나서

처음 본 화면이다. 우리는 보통
이런 상황을 '망했다'라고 표현한다.

오전 8:57
2015년 10월 27일 화

⚙

🕐 **알람 일시 중지**   오전 8:55
오전 9:00에 알람이 다시 울립니다.

✕ 해제

🕐 **미확인 알람**
오전 8:45에 설정된 알람이 중지되었습니다.

🕐 **알람 중지**
오전 8:10에 설정된 알람이 중지되었습니다.

🕐 **미확인 알람**
오전 7:45에 설정된 알람이 중지되었습니다.

🕐 **미확인 알람**
오전 7:30에 설정된 알람이 중지되었습니다.

🔋 **충전이 완료되었습니다.**
충전기를 분리하면 에너지가 절약됩니다.

오징어

자꾸 누군가의 외모를
오징어에 비유하며
낮추던데 오징어 입장은 생각해봤냐?

다시 말해봐

부처님

아, 부처님은 왜
일 년에 하루만 오시는 것이냐.

잠

지금 공부한다고
꿈을 이룰지는 모르겠는데
지금 잠을 자면
꿈도 꾸고 머리도 맑아진다.
안 자봐야 어차피 이따 피곤해서
자야 한다.

있을 리가 없다

꽃이 진다고
그대가 있은 적 없다.

저는 성실합니다

하… 어쩜 이렇게 성실하고
한결같이 게으를 수가 있지?

뒷모습

결제하는 자의 뒷모습은
얼마나 아름다운가.

유어 마이 선샤인

잔소리

선입금 후 잔소리.

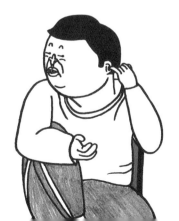

컴퓨터를 켜야 할 때

과제를 하려고 컴퓨터를 켜야 할 때
→ 씻고 책상 정리 좀 하고 커피도 한잔
마시고 켠다.

놀려고 컴퓨터를 켜야 할 때
→ ??? 이미 켜져 있음.

내 인생은 과연 망할 것인가에 대한 고찰

망하기야 하겠냐.
북한도 안 망하고 있는데…

자기계발서

죄책감 돈 주고 사지 마세요.
사서 고통 받지 마세요.

사서 고통

아, 대학교…
여기 완전 빚지면서
고통 받는 곳이다.

행복으로 향하는 길

자자,
일단 쫓아오는 불행부터 피하고 봅시다.

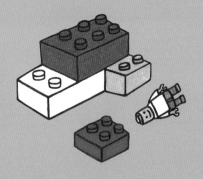

이 또한
지나가리라.
하지만 지나가봐야
고통이다

6.

잠과 밥

잠과 아침 중에
선택해야 하는 삶이라니 비참하다.
잠을 먹고 싶다.

지나가리라

이 또한 지나가리라.
하지만 지나가봐야 고통이다.

SNS 사용량 추정 공식

하루 SNS 사용량
$= K \times$ 잉여시간 $\times$ 외로움 $\div$ 실제 대화량(K는 상수).

인터넷 유적

지금 땅에서 유적 파듯
나중에는 인터넷에서
유적 발굴할 수도 있지 않을까?
[1,000년 전 조상들의 언어 사용
실태 조사] 뭐 이런 거로…

20~22세기 인터넷 언어 개론[2학점]

1주차. 하오체부터 긔체까지.
　　　　'~잼'의 이해.
2주차. 멍멍이와 댕댕이.

둠스데이 버튼

아. 인터넷 공간에
허튼소리를 너무 많이 했다.
내가 가진 모든 계정을 삭제시킬 수 있는
스마트폰 앱을 하나 만들어서
죽기 바로 직전에 눌러야겠다.

배고픔

갑자기 배고프다.
이 갑작스레 찾아오는 배고픔에도
뭔가 이름을 붙여주고 싶다.
'위쿵'이 좋아 보인다. '심쿵'에서 따왔다.

적성

제 적성은 '핑계'인 것 같습니다.

#아무_단어나_앞에_도쿄를_붙이면_ 패셔너블한_느낌이_된다

도쿄 복학생.

#말을_요로_끝내면_공손해_보인다

나 도지산데, 거기 이름이 뭐요?

어디 계셔요

과연 내 짝꿍은
어디서 무얼 하고 있을까?
[수정] '어디서 무얼 하고'는
생략해도 되겠네요.

으아아아아

수술

내가 당했던 수술은 연애 중성화 수술이었나.

깨달음

닭 쫓던 개는 무언가를 깨닫고
치킨집 전화번호를 찾기 시작했다.

맞춤법

맞춤법을 몰라서 조금 우회해서
다른 표현을 찾을 때면
뭔가 좀 찌질해진 느낌이 든다.
그냥 찌질해진 느낌은 아니고
원래 갖고 있던 찌질함에서
아주 손톱만큼 더 찌질해진
느낌에 가깝다.

개의 꿈

그래요. 난. 난 꿈이 있어요.
그 꿈을 믿어요. 나를 지켜봐요.
저 차갑게 서 있는 운명이란 벽 앞에서

놀고 싶습니다.

후회

< ○ ○ 살 때 하지 않으면 후회할 것들> 같은
제목의 책들이 많은데 나는
<스무 살 때 하지 않으면 후회할 것들>이라는
제목의 책을

스물한 살에 봤다.

치킨

'참을 인(忍)' 세 번도
치킨을 막을 순 없다.
'텅 빈 지갑'으로
막을 수 있을 뿐이다.

잠

밥이 보약이면 잠은 진통제쯤 될까.

지쳤다

정말 지쳤고 지치는 것마저도
이제 정말이지 지친다.

야식에 관한 논의

내일 아침을 미리 먹는다는 생각으로
야식을 먹으면 살이 안 찐다는 말이 있어
실제로 해봤더니

야식이 너무 맛있다.

내일

내일은 내일의 태양이 뜨지만,

나는 어차피 반지하야.

완전 방전

사람이 완전 방전되면
쉬는 것도 제대로 안 된다.
맛있는 거 찾아 먹고
좋아하는 음악 트는 것도 귀찮아지고
약간 쉰다기보다는 아무것도 안 하면서
시간만 때우는 상태에 가깝게 됨.

될 대로 되라지

삶 2

어쩌다 보니 여기까지 살아왔다.
어찌하다 보면 계속 살아지지 않을까?

내 인생은 하필
주인이 나라서
고생이 많다

7.

신(新) 에너지원

벼락 치는 대학생들 모아놓으면
한국의 전력난은 없다.

고민의 밤

지금 잠을 자면 꿈을 꾸지만
라면을 먹으면 살이 찐다.
오늘의 만족과 내일의 후회 사이에서
끝없이 고민한다.

링딩동

아 자기 전에 〈링딩동〉을 들어버렸다.
오늘은 잠을 못 자는 날이 되었다.

잠을 못 자며

솔직히 샤이니도 자기 전에
〈링딩동〉 안 들을 거 같다.

잠을 못 자며 2

링딩동 100번 세면 잠이 옵니다.
지금 자려고 누운 자에게
링딩동의 축복이 있기를…

잠을 못 자며 3

링딩동.
내 삶의 빛이요,
내 생명의 불꽃.
나의 죄, 나의 영혼.
링-딩-동.

세 번 입천장에서 이빨을 톡톡 치며
세 단계의 여행을 하는 혀끝,
링. 딩. 동.

유해물질

아무래도 인생 자체가
사람 몸에 유해한 것 같다는
결론을 내리지 않을 수 없다.
고통이 기본 값으로 설정되어
태어났는데
아무도 설정을 바꾸는 방법을
알려주지 않는다.
잠이라도 만들어줘서 다행이다.
그럼 저는 6시간 동안
고통에서 벗어나 보겠습니다.
그럼 이만.

학생의 학명

Homoworkus : 과제 하는 인간.

학생 증후군

학생 여러분의 개강통, 개학통, 과제통,
시험통, 성적통은 방학으로 치료합니다.
단기적 효과가 있지만, 방학이 끝나면
약효가 없어지므로 참고하기 바랍니다.
갑작스럽게 증세가 심해진다면
토요일과 일요일을 섞어 복용해보세요.

잠깐만 쉬어야지

항상성*(恒常性)

사람 몸의 항상성이 대단한 게
평소에 공부 안 하는 상태를 지키려고
시험공부 하는 나를 자꾸 눕게 한다.

* 항상성: 우리 몸의 상태를 항상 일정하게 유지하려는 성질

학생 증후군 2

봄철, 가을철 질환인 '중간고사 증후군'을
사전에 잘 대비합시다.

주인

내 인생은 하필
주인이 나라서 고생이 많다.

방학 요약

'오늘까지만 쉬자'를 60번 정도 반복하면
방학이 끝납니다.

쉬자 쉬자 쉬자…

쉬자 쉬자 쉬자…

쉬자 쉬자 쉬자

쉬자 쉬자 쉬자…

부탁드립니다

"과제 따위 개나 줘" 이런 말 하시면
제가 힘듭니다. 자제 부탁드립니다.

서당개도 삼 년이면

서당개도 삼 년이면 휴학하고 싶어진다.

방학

방학 때 뭐 했나 생각해봤는데
그냥 존재했다.

가마니처럼
가만히

선택과 집중(학점편)

1. 그나마 살릴 수 있는 과목을 찾는다.
2. 아무리 찾아도 없는 것 같지만
   한 번만 더 찾아본다.
3. 결국 발견하지 못하고 집중적으로
   놀기 시작한다.

저는 원칙을
지키는 사람입니다

내가 얼마나
칼 같은 사람이냐 하면,
공부하려고
정각을 기다리다가
정각에서 2분만 지나도
58분을
다시 기다리는 사람이다.

난중일기

갑오년 4월 29일 유시(酉時)
비가 내렸다.
오전에는 학교에 나가 수업을 들었다.
오후에는 조별과제를 실시했다.
어떤 자가 거듭 불참(不參)하므로
잡아다 베었다.
저녁에 바람이 불었다.

시험 기간

시험 기간에 딴짓하는 즐거움을
포기하지 마세요.
일 년에 몇 번 없는 겁니다.

공대생

공대생은 염색한 친구 머리에
뿌리가 자라난 것을 보고 길이를 재어
머리카락이 자라나는
평균 속도를 구하는 자들이다.

일류의 탈주

출석을 하고
몰래 튀려는 탈주러는 삼류다.
출석을 신경 쓰지 않고
그냥 탈주하는 자,
그자는 이류다.
탈주도 귀찮아 자퇴를 하는 자,
그자가 진정한 일류다.

전공 도서

책상에 펴놓으면 공부를 제외한
모든 행위의 재미가 20 증가합니다.

삶의 위안이
필요할 때는
우선 '위 안'부터
채웁시다

8.

장학금

아, 나는 이번 학기도
장학금 면제에
전액 등록금이겠구나.

조별과제

교수님 협동심은 알아서 배울 테니까
조별과제 어떻게 좀 안 되겠습니까.

사업제안

수업 듣는 중인데 어떻게
이렇게 졸릴 수가 있지?
내가 반드시 이 수업을 녹음해서
불면증 클리닉에 팔겠다.

조별과제 2

조별과제를 하다 보면
백지장을 맞들더라도
꾀부리는 사람이 있을 것이라는
확신을 하게 되는 것입니다.

탈주스텔라

우린 또 다른 결석 사유를 찾을 것이다.
늘 그랬듯이.

계획

방학이 막 시작된 며칠이 방학 중
가장 재미있는, 계획 짜는 시간이다.
빨리 상상으로 스펙 쌓아야지!

이거 쓰고
　　낮잠이나 자야지 ♪~

개가 손해인 점

1. '개나 소나'에 개 있음.
2. 견원지간*(犬猿之間)에도 개 있음.
3. 개 · 돼지에도 개 있음.
4. 그냥 개만 있는데도 욕임.
5. 닭 쫓다가 지붕 보는 것도 개임.

* 견원지간: 개와 원숭이처럼 서로 으르렁거리는 사이

이 무슨

마른 학점에 날벼락.

속보

[속보] 과제 하러 갔던 개,
하나도 안 한 채 발견돼

성악설

성악설의 핵심 근거는
조별과제에서 찾을 수 있습니다.

모기

아, 모기가 왜 싫으냐 하면
다른 사람한테 꽂았던 빨대를
나한테도 꽂기 때문이다.
새 빨대 써라.

그만 좀 던지세요

무심코 던진 과제에
대학생 맞아 죽는다.

대선

다음 대선에 에어컨 나오면 바로 뽑겠다.

모기 2

무슨 지금 10월 말인데 모기 3킬 했다.
쌀쌀해져도 집과 집을 전전하며 버티는
모기의 근성을 배워야겠다.
일단 저기 있는 모기만 잡고.

자, 이제
너 차례

모기가 말합니다

오늘 밤, 너의 귓가에 사랑을 속삭일래.

내일 밤에도
만나요

from. 피를 나눈 사이

모기가 말합니다 2

거 같이 좀 삽시다.

모기가 말합니다 3

밤이 되었습니다.
모기들은 고개를 들고
서로의 얼굴을 확인해주세요.

여름의 상대성

여름: 끝날 생각을 안 함.
여름방학: 끝을 향한 고속질주.

위안

삶에 위안이 필요할 때는
우선 위 안부터 채웁시다.

아버지와의 카톡

아버지께서
4개월 만에 카톡을 보내셨다.
아버지는 언제나
핵심적인 말만 하신다.

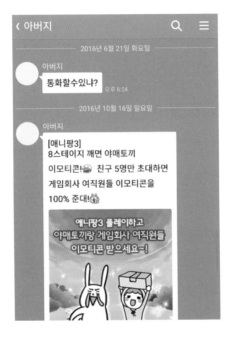

두고 보자

농담으로 99세 미만 금연이라고
써놓은 식당들 있는데
내가 꼭 100살 때 다시 와서
담배 피울 테니 장사 잘 하고 계세요.

차례상

명절에 조상님들
어차피 한국 안 오실 것이다.
다 하와이나 날씨 좋은 곳에
계실 것이기 때문에
그냥 인터넷에 조상님 계정 만들어서
음식 사진이나 보내드리면 될 것이다.

미래 예측

잘 살자는 '웰빙'의 시대가 가고
마무리를 잘하자는
'웰다잉'이란 말이 나오는가 싶더니
갑자기 웰(well)은 어디 가고
생존부터 급박한
빙(일단 살기라도 하자)의 시대가 왔다.
자, 여기서 미래를 예측해보자.

웰빙(잘 살자)
↓
웰다잉(잘 죽자)
↓
빙(일단 살기라도 하자)
↓
'다잉(다 죽자)'

작가와의 Q&A

부록

Q&A 1.

Q. 고통도 삶의 일부인가요?

A. 전부입니다.

Q&A 2.

Q. 매일 아침 규칙적으로 하는 일은 무엇인가요?

A. 알람 끄고 다시 자기.

Q&A 3.

Q. 왜 사시죠?

A. 그냥 아침에 눈 떠보니 살아있네요.
살아있는 김에 그냥 삽니다.

Q&A 4.

Q. 혹시 개님 연애상담도 해주시나요?

A. 헤어지세요.

Q&A 5.

Q. 개보다 더한 놈 vs 개 같은 놈 vs 개보다 못한 놈 중
승자는 누구인가요?

A. 개요.

Q&A 6.

Q. 그렇게 잤는데 또 자고 싶은가.

A. 예.

Q&A 7.

Q. 그렇게 먹었는데 또 먹고 싶은가.

A. 예.

Q&A 8.

Q. 뷔페에 가면 어떤 것부터 드시나요?

A. 뷔페를 박살내겠다는 마음가짐을 먼저 먹습니다.

Q&A 9.

Q. 치킨이 먹고 싶어요.

A. '치킨이 먹고 싶다'라는 표현은 겹말 오류입니다.
'치킨'에 '먹고 싶다'는 뜻이 포함되어 있으므로
하나만 써도 됩니다.

Q&A 10.

Q. 인생이란 무엇이고 죽음이란 무엇인가요?

A. 답은 셀프입니다.

Q&A 11.

Q. 과제가 하기 싫은데 어떻게 하면 과제를 할 수 있을까요?

A. 움직이지 않으면 안 될 때까지
님은 움직이지 않을 것입니다. 때를 기다리십시오.

Q&A 12.

Q. 지금까지 받아본 최고의 칭찬은 무엇이었나요?

A. 양치 잘하고 계시네요.(대전의 모 치과의사)

Q&A 13.

Q. 군대 갔다 오면 사람 되나요?

A. 아니요. 그냥 '군대 갔다 온 사람' 됩니다.

Q&A 14.

Q. 다음 생에는 무엇으로 태어나고 싶으세요?

A. 화강암이요.

Q&A 15.

Q. 가장 멀리까지 가본 곳은 어디인가요?

A. 어렸을 때 크게 잘못했다가 부모님께 걸려서
황천길 앞까지 가봤습니다.

Q&A 16.

Q. 개님. 대학 가면 다 애인 생긴다는데
공대 신입생도 생길 수 있나요?

A. 선배들을 잘 관찰해 보십시오.

Q&A 17.

Q. 개님. 살면서 가장 의미 있었던 일과 후회되는 일
하나씩만 말해주세요.
그리고 앞으로 일어났으면 하는 일도 하나!

A. 태어남 / 아직까지 살고 있음 / 지구 폭발.

Q&A 18.

Q. 개님 제일 좋아하는 노래가 뭐에요?

A. EXO 〈으르렁〉이요.

Q&A 19.

Q. 개님 '아싸(아웃사이더)'가 너무 힘들어요.
외로움에 질식할 것 같아요.
이럴 때 필요한 마음가짐 뭐가 있을까요?

A. '나는 재벌가의 알려지지 않은 자식으로
대학 시절 이야기를 추억으로 만들기 위해
서민 체험을 하고 있다'라는 생각은 어떠십니까.

Q&A 20.

Q. 일 더하기 일은?

A. 과로사요.

Q&A 21.

Q. 잘하는 운동은?

A. 설거지도 운동에 끼워줍니까?

Q&A 22.

Q. 모든 사람이 매일 해야 하는 일은 무엇인가요?

A. 밥값.

Q&A 23.

Q. 개님이 생각하는 어른은 무엇인가요?

A. 쩡쩡X=어른.

Q&A 24.

Q. 삶의 목적?

A. 아 그거 찾다가 까먹고 다른 거 하고 있었네요.

근데 별로 안 중요한 거라

그냥 찾아지면 찾고 아니면 말고요.

Q&A 25.

Q. 법을 하나 제정할 수 있는 권력이 생긴다면,
어떤 법을 만들고 싶으세요?
A. 조별과제 금지법이요.

Q&A 26.

Q. 그거 아시나요. 개님 귀여움.
A. 입금 완료.

Q&A 27.

Q. 고통이 끝나는 날은 무슨 날일까요?
A. 제삿날이죠, 뭐.

Q&A 28.

Q. 학점 F로 도배하면 인생이 어떻게 되나요?
A. 술안주 하나 생겨요.

Q&A 29.

Q. 인생은 왜 이렇게 고통스럽죠?
A. 몸이 있기 때문입니다.
그러니 고통을 몸처럼 소중히 합시다(?)

Q&A 30.

Q. 시간 여행을 할 수 있다면, 미래와 과거 중
어디로 갈 생각인가요?

A. 과거로 가서 아빠와 엄마의 만남을 막아야 합니다.

Q&A 31.

Q. 갯님 숨만 쉬어도 사람들이 좋아하는 것 같아서
너무나 부럽군요.

A. 제가 숨만 쉬어도 싫어하는 사람 역시 많습니다.

Q&A 32.

Q. 갯님은 어떻게 생겼어요?

A. 저는 실수로 생겼습니다.

Q&A 33.

Q. 오늘 아침에 일어났을 때
맨 처음 떠오른 생각은 무엇인가요?

A. 결국, 오늘도 살게 되는구나.

Q&A 34.

Q. 정치관은 어떻게 되세요?

A. 갈릭반 양념반.

Q&A 35.

Q. 항상 의욕을 잃지 않는 비결은 무엇입니까?

A. 애초에 의욕을 0에서 시작하면 됩니다.

Q&A 36.

Q. 월요일이라 지구 멸망시키고 싶은데
어떻게 좀 안 될까요?

A. 님. 저 이번 주만 더 살고 같이 방법을 찾아봅시다.

Q&A 37.

Q. 개님은 평범한 개인 것 같은데
금수저 개들을 보면 뭐가 제일 부러우세요?

A. 사소한 고민에 쓸 에너지를 아낄 수 있는 거요.

Q&A 38.

Q. 우린 왜 사는 걸까요?

A. 나도 모르겠으니 일단 살고 있어 봐. 생각나면 말해 줄게.

Q&A 39.

Q. 개님을 보면서 원래 삶은 고통이라는 걸
되새기고 있습니다. 항상 감사합니다.

A. 신께서 당신의 고통과 함께하시길.

지금부터
제 애인 이야기를
풀어보도록 하겠습니다.

고통의 존재

1판 1쇄 인쇄 2016년 12월 07일
1판 1쇄 발행 2016년 12월 14일

글.   개
그림.   뿜작가

발행인.   양원석
편집장.   김순미
책임편집.   양성미
디자인.   섬세한 곰 www.bookdesign.xyz
해외저작권.   황지현
제작.   문태일
영업 마케팅.   이영인, 양근모, 박민범, 이주형, 장현기, 이선미, 이규진, 김보영

펴낸 곳.   (주)알에이치코리아
주소.   서울시 금천구 가산디지털2로 53, 20층(가산동, 한라시그마밸리)
편집문의.   02-6443-8854   구입문의.   02-6443-8838
홈페이지.   http://rhk.co.kr
등록.   2004년 1월 15일 제2-3726호

ISBN   978-89-255-6066-3   03810